김기명 시집

소와 미루나무

지구문학

국립중앙도서관 출판시도서목록(CIP)

소와 미루나무 : 김기명 시집 / 지은이: 김기명. — 서울 :
지구문학, 2012
　　p. ;　　cm

ISBN　978-89-89240-48-8　03810 : ₩7000

한국 현대시[韓國 現代詩]

811.7-KDC5
895.715-DDC21　　　　　　　　　　CIP2012002251

산길 들길 걸어오면서 아름다운 자연과 좋은 인연들
도 만났습니다.

그 만남의 느낌들을 더 아름답게 그려 보려고 했지만
손을 대면 댈수록 원래의 모습이 흐려지고 그윽했던 향
기마저 사라져 가는 듯했습니다. 모두 덮어 버릴까 하
다가 부끄러움 무릅쓰고 설레는 마음으로 작은 詩밭을
꾸며 봅니다.

이 시집이 나오기까지 도움 말씀 주신 이희선 문단 선
배님과 아낌없는 격려 말씀으로 용기 주신 이수화 선생
님께 감사드리며 지구문학 발행인 김시원 선생님께도
깊은 감사 말씀 올립니다.

2012 임진년 신록의 계절에

牛步 김 기 명 큰절

차례

1부 _ 뚝배기

2부 _ 개나리

차례

3부 _ 조가비는 거짓말을 안 한다

4부 _ 길 잃은 귀로

차례

5부 _ 구관조는 메시아를 노래하다

1부

뚝배기

소와 미루나무

미루나무에 매인 황소의 눈이 하늘 속만큼 깊다
미루나무는 제 그림자를 오래도록 키워 왔다
나이테 굵어져서 소의 고삐 덥석 받아 맬 때까지
그 마을 어귀서 기를 쓰고 허공을 밀어 올렸다
가끔은 까치집을 매어달기도
날개 아픈 새들 쉼터가 되기도…

소와 미루나무는 무언으로 속삭인다
우리 사인 보이지 않는 끈이 있어 서로 얽매이는 거라고
업業의 고삐가 너무 길어 감겼다 풀렸다 하는 거라고
결국 업의 고리가 풀려서야 서로가 편해질 거라고

움 머―
단음으로 허공을 가르는 소의 울음
미루나무 끄트머리 앉았던 붉은 놀이
산그늘 깔아놓고 또 하루를 사룬다.

뚝배기

인성이 그릇만큼이나 차별 나서일까
비워야 한다지만 쉽지 않고
너를 알라 이르지만 칠흑 같고
빈 척 비운 척

쓰임새 잘못 담겨 어색함보다는
윤기 흐르는 사기그릇보다는
청동 빛깔 자그러운 유기보다는
투박한 모서리 닳아도 내색 없는
가림 없이 따습게 안겼다가 비워내는
텅 빈 뚝배기면 어떨까

달빛 환한 날
보름달 맑게 띄워 원願을 우려내는
질박한 어머니를 닮은
뚝배기면 어떨까.

밤송이

불가사리처럼 푸른 하늘바다 틈새 우러렀다
삼복 폭염 놋날 같은 장맛비에도
삼남매 제 자리 찾아 탱글탱글 자라 주었다
혈기 넘친 녀석들 터진 내 옆구리 밀고 훌훌 떠난다
쭉정밤처럼 허한 맘속을 훑는 늦가을 빗소리
손 흔들며 수레에 오르는 저 앙증맞은 것들.

복수초

눈 속에서 아스라니 들리는 복수초의 숨소리
한고寒苦의 꼭지에서 봄을 청첩하는
소한 추위 언 가슴 한 발 부드럽게 감싸는
소문처럼 단아함을 닮고 싶은 저 청초함.

가을비가 내리는데

가을비가 가랑잎을 재촉한다
갱년기 여인의 홍안처럼
붉으락푸르락 달아오른 잎새들에게

끝내는 가눌 수 없었던지
누렇게 맴으로 내려앉는다
가을비는 콧등 시큰 흐르는
슬픈 음악으로…

젖은 오솔길에
부나비처럼 떨어져
뒤척임마저 멈춰 버린 고요
스산함이 똬리를 틀어
겨울로 들어가는 나를 닮아 있다
가을이 내 등에 어깨를 기댄다
성글어 가는 억새덤불로
초췌한 내 잔영이 쓸린다.

가을화가

남산 순환도로
나뭇가지마다 내려앉아
빨강 노랑 물감으로 가을을 그리고 있다
수작을 그리는 모양이다
차도 위에 떨군 잎새를 굴리는
차바퀴굴렁쇠도 한몫 한다

가을화가는
무턱대고 화구를 내려놓지 않는다
덧칠도 않는다
붉게 물든 영산홍 등걸에
살짝 내려앉아 무슨 얘긴지
주고받고 너스레를 떤다

나도 저만치 걸어오는 가을과 손잡는
가을화가가 된다.

겉절이

그 친구 남쪽 바다 섬에서 나고 자랐다
나이 들어 분당에 살아도
처서處暑 지나면 고매줄기* 겉절이를 찾는다
어머니 숨결 스며 있는 계절음식
서툰 안식구 손맛이지만 보약 먹은 안색이다
구미 당긴 것이 어찌 고향 맛뿐일까?

*고구마 줄기

곡우비

메마른 4월
곡우비가 내린다

단잠 깬 투정인 듯

굴참나무 여린 순들
그 옛날 돌림 홍역에 아기 쓸어가듯
젖은 숲은 요절로 질펀한데

심사야 아릴 테지만
북받친 땅심 깊이 갈무리며
5월의 신록은 미상불 들떠 있다
잴 길 없는 대자연의 섭리거늘.

단풍노을

초췌해진 늦시월 햇살 너울 타고

단풍노을 장엄한 화음으로 흘러내린다
능선마다 솟구치는 불길, 불길
낮은 데로 강림하는 소박함
말씀대로 따라가는, 따라만 가는
저 능선 너머엔 필경
반겨줄 큰 님 한 분 계시기에

말복 근처

마지막 오기 부리는 한더위
가쁜 매미소리
늦여름을 조롱한다

산마루 뭉게구름 걸타고 앉은 말복
쇠파리 털어내는 쇠꼬리 부채놀림에
수구잠 달래는 말복
졸다가, 졸다가

산그늘 내리는 들녘
아구리 덜 찬 허기진 꼴망태 위
잠시 졸음 든 8월
키 큰 미루나무 꼭대기 앉은 처서에게 넘기는
*아! 세월은 잘 간다 아이아이

*이태리 민요에서 따옴

낙엽의 의미

이파리 끝까지 용솟음치던 신록
벌 · 나비 심기 달구던 절정 보내고
태양의 기를 빌어 여물인 분신들
떨쳐 버리고, 떨쳐 버리고
가을이 싸늘한 비를 맞으며
더 깊은 가을 속으로, 가을 속으로

골짜기마다 분주한 흥분의 도가니
서릿발 아랑곳 않고 벗은 자들만이
갈 수 있는 곳으로

힐끗 힐끗 눈두덩 붉힌다
떠나는 것들에…

솎음 무싹 이야기

지지난 주 무씨를 심을 때 모래알 같았는데 그 속의 생명이 초가을 바람에 새싹들로 나풀댄다. 솎음질을 했다. 김장거리에 끼지 못한 것들 처지가 짠하지만, 주섬주섬 두어 움큼 담아 와 뿌리째 씻고 헹구고 강된장 무쳐 부릅뜬 눈 마주하니 콧잔등이 찌릿 찌릿하다. 손주놈이 보고 할애비가 돼지 같단다. 섬뜩하고 민망하다. 이 어린 무싹들의 애원이 들리지 않는다면, 정말 돼지일 텐데. 가슴 뜨끔! 수저 끝이 흔들린다.

여름과 가을 사이

문장대 오르는 길에
가을 기운 감돌더니
강남역 6번 출구
보도 좌판에
여름과 가을이
함께 오도카니 앉아있다

진바지 입은 탱탱한 신록들
위험 수위로 지열을 달구는 숨찬 푸르름
파도로 넘실대는 강남대로

유월 끝날

또 반을 접는 한해가
아쉬운데
하얀 초롱꽃등이 진다

창밖엔 신록이 푸르른데
철 잃은 아카시아 겉마른 가랑잎
유월을 흩트린다

간당간당 대머리 머리카락처럼
지워지는 날들이 아픈데
발 빠른 장마가 이빨을 드러내고
칠월을 곧장 불러들인다

지난 해 수파로 뿌리 드러난 민초들
노방에 의지해 숙취도 덜 깼는데…

丁亥년을 보내며

못 챙긴 한 해가 위성처럼 날아간다
이승이 꿈이었나! 꿈이 이승이었나!
질책의 하문인 것이
땡! 머릴 치며 지나간다.

소나기

검독수리 짙은 날개마냥
거센 장대비 품은 먹구름
삼복더위 틈새 비집고
꽈다−당 쿵!
쏴아 후드득 소나기 내린다
떡갈나무 사시나무 반기는 손사래
여울물살, 주린 연못 넉넉해지면
반딧불이도 개운해 번득이겠지.

폭포

송홧가루 바람에 흩날리는 숲을 떠나
억새반주에 산귀뚜라미 비파 타는 계곡 타고
버들강아지 구름 날리는 냇가를 지나
여울여울 도란도란 자갈자갈 한목소리로 모였다

무슨 심사 뒤틀려서 머리채 움켜쥐고
뇌성벽력 토하며 낭떠러지로 곤두박질치는
갈가리 바스러져 혼절하는 무아지경
소용돌이 돌고 나면 아무 일 없단 듯
젖은 머리칼 쓸어내려 심호흡 뒤로 하고
긴 휘파람으로 어깨 맞부비며 도란도란
오돌토돌 조약돌 호박돌 타고 또 흘러간다.

2부

개나리

개나리

겨울 하루 해 한나절로 짧고 시려
해를 그리다, 해를 그리다
노란 햇살이 된

서둘러
덤불 위에 햇빛 동산 꾸리고
햇살 줄타기하는 노란 개미떼

진을 친 봄의 전령사
태양을 향해
한 치 오차도 없이
쏴라!
토닥토닥 터지는 노란 폭죽들…

쑥국

올봄에 쑥국 잡숴 보셨나요
고향을 푹 끓인 슬픈 쑥국을

그리움이 녹아
꾸미 양념 없이 된장으로만 간을 해도
눈시울로 어머님이 느껴지는

삼베 밥 수건에 쑥버무리 싸서 지고
50리길, 어메 아배 우들 마중 나갔을 때도
달무리 어설픈 봄날은 그리도 길었었다

가슴 메며 먹어도 뱃속 편안해지는 쑥국
낭자머리 엄니가 쑥밭으로 어른거려
고향 초가마을로 달려가는 빛바랜 가슴앓이

담쟁이는

담장이 길이라고 고집하는 담쟁이
담벽에 매달리는 순수무구 외골수다
기어오르는 것만 열중하다가
담장이 끝난 곳에서
더는 오르지 못해
붉게 핏발선 오기가 담벼락 가득 번진다
잎마다 붉은 함성 토한다

젊음을 태웠거늘
높아지는 가을하늘만큼
낮아지는 내 목소리는
저무는 초승달입니다.

민들레 소고小考

겹겹이 황금태양으로 초원 가득
이른 봄을 터트린다
소문 듣고 날아온 나비떼
길섶 올망졸망 놀던 아이들 등살에
봄 무등 타고 하늘 높이 날아가는 홀씨들
문득, 메마른 내 몸피에서
근질근질 패랭이 꽃이라도 돋아 오르겠다.

봄이 오는 소리

입춘이 찬 서리 재워놓고
버들강아지 솜털 어루만지며
돌돌 도랑물 깨우더니
병아리 깃털 품은 얇은 봄이
종종걸음으로 양지쪽에 숨어든다
노란 꽃다지 민들레 부축하고
나비 등에 올라 개나리 꽃잎 물들인다
새벽 수탉 용 올라 홰 타는 소리
우렁찰수록 봄 햇살 짙어 간다
깃털바람 목련 끄트머리 앉아
상아 눈빛 어루만진다
아직은 칼끝처럼 시린
한 치도 안 되는 봄의 입질
땅심 뚫는 쑥향 갈팡질팡
봄소식 성급한 챔질
살며시 창문 열어 보지만
쌍춘년 봄기운 달력보다 느리다
늦서리에 뒤꿈치 세우는 꽃샘바람.

사랑의 이정표

편한 자리 탐치 않은 가파른 고갯마루
머리끝 섬뜩해지는 산모롱이엔
옛부터 선한 서낭의 집이 있지요
귀신도 도깨비도 머물지 못하는

나그네 쉬어가라 자리 내주고
겁 많은 길손 손잡아도 주고
비탈길 걸림돌 치우기도 하고
허물 담아 비는 소원 들어주는
사랑의 이정표가 있었지요

객지 떠난 자식들 위해 손 모두시던 서낭당
산비둘기 애잔한 노래가 내 눈두덩을 적신다.

산정호수

밤새운 명성산 산자락 여명
산정호수로 내린다
하늘이 호수를 안은 듯
호수가 하늘을 품은 듯
하늘이 호수에 보쌈 되었네 그려
호수가 하늘에 보쌈 되었네 그려

호수는 물안개 깃털 날리며 하늘 붙잡고
달무리 수줍게 물속으로 들어서는데

호반의 낙락장송 팔 뻗혀 새벽달 건지려다
되레 호수에 빠져 버렸네

호수와 하늘이 하나임을 진즉 알았지만…

묵은 정

누구나 젊은 날을 품고 있듯
가을들녘 파랗게 되살아난 쑥순을 보며
잔주름진 미소에
그 시절이 눈뜬다

그녀의 완벽했던 원피스 곡선
그리고 볼륨

날 유혹하던 연두색 자력
아직 가을 햇살처럼 강열하다
가을, 깊어질수록
농익어가는 아내의 정.

춘곤

그린벨트로 살찐 숲속
꽃샘 눈이 어설피 내린 길섶
실하지 못한 진달래 한 송이
보릿고개에 삐삐 말랐던 엄니 모습 같다

삼십리 학교길 우들 밥 챙기느라
새벽 닭 울음으로 단잠 접고
곱삶이 꽁보리밥 짓던 울 엄니

내 아이들 중고생 시절
도시락 너댓 챙기던 아내
이즘 손주들 학원시간 챙기느라
알람소리로 꿀잠 거두는 내 아내는…

입춘 언저리

깊은 산골 작은 샘도 한 바다를 찾아가고
길을 따르면 길이 이어져 길이 나오는데
물안개 하얀 너울이 저 언덕을 가리네

산마루 휘파람새 목메게 울어쌓고
산등성이 으악새 몸짓으로 손짓해도
이른 봄 저린 촉수에 웅크린 버들가지

말씀은 말씀으로 믿으라 했지만
흙이나 산이나 그게 그거라 해도
새 봄을 시새움하는 칼날 같은 꽃샘바람

정자나무 그늘

터주 대 꽂은 선대의 지팡이었단다
어른 것이라서인지
호방하고 귀한 자태 유난히
세월 더할수록 더욱 아름지는

할아버지, 할아버지의 할아버지 서 계셨던 그 자리
울 엄니 사시장철 밤낮으로 서 계시던

멀리서, 멀리서부터 지켜보고
지친 다리 흐르는 땀 씻어 주는
한여름 할딱이는 강아지까지 품어주는

그 크심 길러주신 어버이 그늘
지혜의 길 열어 주신 스승님 그늘
나이 들어 새롭게 만나는 향기 그늘
이즘도 매미소리 요란스레 걸치고 큰 기침하신다.

지리산 바래봉 철쭉

지리산 바래봉* 철쭉
무릎 덮는 눈보라 속에서도
대추씨 같은 꽃눈 부라리며 봄을 재촉한다
입춘 바람에 꽃잠 깊었던지
벌 · 나비 춤추는 봄 잔치 끝나고서야
핏발보다 더 진한 충혈로
향도 꿀도 정도 감추고
미적미적 입하 등에 기대어 정염 불탄다

방장산 철쭉들이 팔랑치**로
바리때 바래봉 아래로 다 모였다
춘궁기 허기진 걸신이 되어 다 모였다
부처님 오신 날 바래법문 수계하러 다 모였다
운봉, 용소골 능선으로 올라
팔랑치로, 바래봉으로 타올라간다
천상화단 신록 다 태운다
화엄선방 바리때에 피어난
깨달음의 혼불
저 야단법석!

*지리산 백두대간 고리봉(1,304m) 동북쪽 운봉과
산내의 경계를 이루는 1,165m의 봉우리로 바리때
를 엎어 놓은 모양에 유래된 이름. 철쭉제로 유명.
**바래봉 아래 1,100고지 능선으로 5월 중하순에
피는 철쭉은 지리산(방장산)에서 제일 많고 좋아
서 해마다 철쭉제가 열리는 곳.

코스모스

늦맺이 해거름 거두어 무녀리들 키재기한다
연모의 정 너무 깊어 천 길 우물 길어 올린다
찬 서리 담금질에도 까만 씨 영글었다

첫눈 푸짐하던 날

밤새 깔린 면사포 길을 밟아 산을 오르는데
가을이 요란을 떨며 회색의 계절로 사라진 뒤
쓸쓸 스산한, 적막만이 빼곡하던 숲길
하얀 눈으로 윤곽들이 뚜렷해졌다
누구도 넘볼 수 없는
성스러운 콘트라스트!

미끄럼 길에 매달린 과체중, 숨 가쁘지만
소복으로 단장한 눈밭이 들뜬 강아지처럼 설렌다
등골로 더해 가는 열기 심박도 제자리
이마에 송그리는 땀방울
산행의 오르가즘으로 치닫다

정상을 오르는 자만이 등정의 맛을 안다
산바람의 맛을 맡아 본다
말없이 오가는 정
조심해 내려가자고
생면부지에게도 산행의 보람을 나누는.

DNA

화창한 주말 아범이 어린 것을 앞세우고 봄나들이를 한
다. 푸른 하늘 바탕에 간당대는 나목의 실루엣 두 시선
이 합쳐진다. 무엇이 일치했는지 아범과 어린 것이 세
월의 간격을 두고 파노라마를 이룬다. 어긋남 없이 모
습과 행동거지가 하나다. 신비롭다. 콩 심은 데 콩 나는
조화여! 손자 놈 발바닥에 어린 티눈 하나, 오! 그것이
내 것이었구나.

생나무에 도끼질

마른 삭정이 주워 모아 둥지 틀고
돌부리 가랑잎으로 보금자리 트는데
잘난 척 우둔한 무리들 생나무에 도끼질한다

종다리 하늘 높이 지지배배 일러주고
산꿩은 목쉬도록 몸살에 이르건만
우이독경 미련퉁이 들은 둥 마는 둥

천길 단애 빙하 벽이 빙산으로 흩어지고
숨 막힌 송사리떼 거품 물고 애걸해도
남 볼 때만 입으로 뻐꾹뻐꾹 염불한다

덤불만큼 남은 동산 뛰놀기에 너무 좁고
벌레마저 떠난 자리 먹을 것이 없어라
아직은 밝다만 핵구름 먹구름으로 밀려온다

미안하다 정말 미안해

귀신도 겁내지 않는 UDT, SSU,
10분도 못 견디는 거세고 차디찬 바닷물 속
그대들 잠긴 지 보름이 되어 가는데
나는 잠에 푹 빠져 늘어지게 자고 일어났네

그대들 선배, 교관 한주호 준위
물 속 숨 못 쉬는 후배들이 안타까워
53세 나이에도 남 먼저 차디찬 물속으로 몸을 던졌다
우리는 발만 구르고 있었다
그대들 자신보다 조국과 민족을 사랑하기에
천안함 초계정에 승선했고
하나밖에 없는 그 귀한 목숨
조국에 먼저 바치지 않았던가?

불침번 한 번 서보지 않았고 점호 한 번 받아보지 않은
그들에게 맡긴 것 같아
정말, 정말 미안해
김덕규 교수의 2함대 사령부로 원대 복귀하라는
지상명령 들리지 않느냐고

날밤을 지새우며 가슴 찢고 있는
가솔들이 보고 싶지 않느냐고!

솔로몬 왕 앞에 서있는 모정처럼
내 피붙이 자식들 버리고
금양9호 선원들과 한주호 준위
아픔을 더 아프게 여긴 부모들이
더 가상치 않느냐고!
미안해! 미안해! 정말 미안해!

구제역 난동

된서리 맞은 고추밭
호박넝쿨만으로도 가슴 아린데
상고대 엉키듯 난데없이 구제역 난동
두 발굽들 앗아 아범심장 도리는 통증
아낙가슴 후빈다

새끼 감싼 젖 물린 에미,
뛰는 심장 쐐기 박고 온기 품은 채
광중壙中으로 곤두박질친다

해도 울고 달도 울고 억장 무너지는 소리
장대비로 쏟아지는데
광우병 악령들 내림굿 신대처럼 흔들어대고…

3부

조가비는 거짓말을 안 한다

조가비는 거짓말을 안 한다

살아 있는 조가비는 작으나 크나
살아도 죽어도 입을 연다
내밀한 바다의 속내를 활짝 열어
준엄한 바다를 보여 준다

바다에서 죽은 조가비는
작으나 크나 입을 열지 않는다
바다의 순리를 따르기로
죽어서도 함구한다

인간이라면
미주알고주알 떠벌릴 텐데

갯마을 사람들

갯마을 사람들은 아침 해를 보고
바람 냄새로 하루를 점치고 마름질한다
새는 날 바람의 안색을 보고
일손을 놓고 들고 한다

삭신 쑤셔 선잠 뒤척여도
뜨는 해 밝게 눈길 주면
흡족한 하루가 시작된다

바람의 눈치 따라 술렁이는 갯사람들
해도 바람도 바다요 사람이다
바다도 사람도 바람이다.

우포 늪

칠팔월엔 짙은 회색 차일 낮게 드리우고 넓은 치마폭
벌려 장마 장대비 다 받아 안고 버들, 왕버들, 매자기,
가시연, 부들, 골풀, 창포, 마름, 자운영, 577종 수생식
물 끌어안고, 가창오리, 개개비, 개똥지빠귀, 고니, 고방
오리, 기러기, 논병아리, 쇠물닭, 딱새, 물총새, 오목눈
이, 찌르레기, 예순 가지 철 따라 불러 모우고, 가물치,
미꾸라지, 붕어, 납자루, 동자개, 메기, 송사리, 잉어, 스
물여덟 패, 수서곤충 쉰다섯 패, 조개류, 포유류, 파충
류, 양서류, 외래 손님 황소개구리, 베스까지 보듬고, 그
래도 마음 덜 차 낙동강 남는 물 받아 채우는

우포 늪은 감춘 속내만큼 넓고 깊은
그 넉넉함, 먼 시간을 끌고 온
모두, 모두의 보금자리라지요
쪽배 노젓는 어부도
그 품에 안긴 한 마리 왜가리

고래개 능선에 올라

고래개* 능선에 올라
가마우지 자맥질 터를 내려다 본다

언제 왔는지
하늘도 바다로 내려앉아
나와 바다와 하늘과
셋이 하나로
장고에 들었는데

욕지 가는 객선
하얀 포말 끌고 사연을 쏟지만
서로는 서로의 속내를 말하지 않는다

너무 깊고, 높고, 좁아서
산 무릇 한 촉
눈을 스르르 감는다.

*고래개 : 통영 새섬의 바다 이름

물때

갯마을 아낙들은 물때 따라 물새가 된다
굴을 딴다. 조개를 캔다. 톳을 뜯는다

해오라기처럼 느린 걸음 아장대다
강정여 타고 갯바위를 나대며 후빈다
물때를 경작으로 삼는 철새처럼

굽은 허리만큼 등짐 무거워지면
그제야 갈매기처럼 선창에 머리 모우고
진상품을 고른다
아픔을 저울에 달아
환한 웃음을 판다.

비린 바람은

포말로 쪽빛 물결 가르는
어부는 만선을 품고 바다로 간다
손사레질하는 아낙들
육감으로 비린 바람을 느낀다
회색 하늘 물너울 높아지면
돌개바람 섬자락까지 몰려온다
배알 뒤틀린 파도 앞을 막아서는 날
일손 놓은 가솔들 포구에서 발을 구른다
처마 밑 낙수 물소리까지 아낙들 가슴을 후벼 판다

시꺼먼 어둠이 꾸역꾸역 턱밑까지 밀려온다
등대 불빛마저 가물가물
애원들이 서로 엉키고
멀리 자맥질하는 별빛도
지상의 그들을 향해 두 손 모으는
밤이 더러 있다.

안면도에서

모래사장 바늘 찾듯이
하늘과 바다와 조개껍질 틈새까지
더듬어 시인들은 詩어를 줍는다
시우를 나눈다

만남은 아름다워라
낙타봉 사이마다
토막난 수평선들이 수줍은 듯 고개 내밀고
비산비야 나지막한 노송끄트머리
무르익은 만남이 춤추는

접합의 흔적들 심연에 그렸다 지우는 게들의 바쁜 나들이
밀렸다 되말아 붙이는 들물에 짐짓 쫓기는데
잔잔한 주홍빛 물결 해변의 마지막 포옹

유월 중순 달무리지는 밤
황홀한 만남으로 밤을 새운 저마다의 발자국
모래 속에 묻어두고
콩순 접는 촉수 안면도에서…

추암 일출

여명의 수평선이 새댁 태기듯 울컥거리더니
붉은 양수는 대해를 물들이고
햇덩이 하나 불쑥 낳았다
옥문을 여는 태아의 두상이다
조개구름 양털구름들이 모여
횃댓줄을 늘이고 춤을 춘다

태백준령 두타산의 홍조를 보려고
밤새운 사진꾼들의 함성으로
산이 열리고 오늘이 열린다
정동진 가는 새벽열차
추암역 떠나는 기적 소리.

작은 바다를 낳는다

잠시 썰물 치마폭을 거두면
없는 듯 모래톱 사이로 모습 감추는
모시조개
조개가 사립문 닫고 곤잠 빠졌다가
찰랑찰랑 밀물소리에 잠깨
어머니 품 같은 바다의 품에 안긴다
오장육부 쌓인 수심들은
간수로 토해낸다.

밀물썰물 들락날락 패각은 두터워지고
몸집으로 부챗살 늘려 간다
하루에 두 번 하늘을 보고
해를 품어 보석의 작은 바다를 낳는다.

정동진 해맞이

정동진 해맞이 가는 사람들
설마! 여인숙 황급한 만남만은 아니겠지
수평선 밀어 올리는 태양만 보지는 않았겠지
거기에는 엄숙함과
잔잔한 어둠을 밀어내는 어머니의 품안 같은
따스함도 있었는데
갯바위 숨결 숱한 모래알 위에서
만남은 원願으로 이어지고

그래! 사랑은 너와 내가 지키는 거야
약속은 해안선 경계로 지켜지는 거야
그러나 태백준령은 넘지 않으리

파도를 따라간 그 사내

간만에 풍만해진 밀물
강아지 아장걸음이듯
갯물에 젖은 뽀얀 안개
해안도로를 따라 나를 끄을고 간다

잠자리 날개 같은 파도자락에 싸여
설레는 선머슴처럼 불꽃놀이 한다
내숭떠는 여인 젖무덤을 후끈 달군다

졸음 섞인 가로등과 야경을 훔쳐보며
그냥 흘려 보낼 수 없는 순간을 카메라에 담는다
갯바람에 흠씬 젖은 내 몸에서 갯바람으로 살던
이승을 떠난 한 사내 냄새가 난다
파도를 따라간 그 사내가 뭉클 그립다.

학림도 당신堂神

청정 해로에 대붕의 나래로 내려
당숲에 당신은 당집 짓고
솔바람, 억새 아리아로
바다에서 하늘까지 아우른다

산이 좋으면 바다가 보고프면
천년 수림 새섬으로 오라
사유가 메마른 사람은
찾고 구하는 대로 얻을 것이니

이 섬에 첫발 디딘 이 첫손 잡듯
당신堂神은 당신을 맞을 것이니…

학림도鶴林島로 오셔요

쪽빛 바다가 그리우면
한국의 나폴리 통영, 학림도로 오셔요
미륵도 달아공원 건너
손끝이 닿을 만한 뱃길 10여 분
학의 날개, 가마우지 별장
빼어난 자태, 오롯이 가꾸고 간직해 온

하늘 닮은 바다, 바다 닮은 하늘
천년 노송 솔향기 피우는 아열대 처녀림
사이로, 숨바꼭질하는 동백
천리향, 자생란, 호랑가시 팔손이
부채 들고 마중 서 있는 곳,
짙푸른 파도 입질 조잘대는 청정해
헛손질 없는 천태만상 갯바위 벼랑
지친 폐부, 먼지 낀 눈과 귀 헹구시려면
새들의 고향 학림도로 오셔요.
발자국마다 눈길마다 잡히는 앵글,
화폭을 담을 수 있는
마음을 여는 만큼 풍광을 여는 곳

해수욕장 한 컷

수평선 푸른 어깨 남실남실 모래톱 젊은 여체
포말에 달라붙어 남성미 파도 환호로 끌어안는
뭉게구름 먼 산 능선타고 발돋움할 때
붉발선 서녘 노을에 선문답하는 여인
나설 참인가 안길 참인가
어둑발 따라 이별은 성큼성큼 다가오고…

시작詩作 노트

남해 바다 언저리서
움츠린 겨울을 벗고 기지개 켠다

봄 냄새 뭉클한 소리들, 몸짓들, 낌새들이
시인을 부른다
호랑가시 새순 끄트머리에서도
수컷 동박새의 투정에서도
비릿한 갯바람에서도

둔한 오감으론 담아 옮길 재간 없어
뜬구름 연모하듯 민그림에 머뭇거린다

순치되지 않은 촉각만으론
다 담을 수 없음을 어쩐다지

어쩌란 말이냐
–일본 동북지방 쓰나미를 보고

센다이 명치끝으로 치민 토악질
이녁들이 지은 자업자득인가
거스른 눈사태, 방주는 지붕으로 오르고
외마디 주검 각혈로 으스러지는데
파계의 신불 까무러치며 독을 뿜으니

어쩌란 말이냐
처음부터 궁창을 은하를 태양을
안고 있는 모든 혼백들
지고지순 아집과 위선들까지도
보듬고 순리로 서로 어우르자 했는데

배려를 으뜸으로 세운다며
발치에 둑 쌓고 집 짓고
공장과 술집을 차리지 않았더냐
주춧돌*을 쪼개 지피는 캠프파이어
용마루가 화염에 휩싸이는데

*주춧돌 : 만물의 기초인 원소(원자)

소나기와 천둥

찌는 복더위 숲 속으로 쏴~ 쏟아지는
소리만으로도 생기 돋우는 그 확실함

어느 한쪽 잠김 걱정 있어도
저수지 웃음 활짝 피고
댐 수위 거나해지면 만사가 넉넉

겨울 함박눈 거슬림도
여름 소나기 싹 쓸어감도 잠시
마음들 다칠 것 같아 기도가 두려운데

소나기 천둥 앞세운 허풍스러움으로
지울 수 없는 허탈감
앗아버리는 기회 낭패시킨다
청각마저 무디어 버린 세대…

4부

길 잃은 귀로

길 잃은 귀로

자욱한 물안개
호수 위에 내리는 여명
새벽 예불 소리에 깨어난다 싶더니
깨우치는 대로 분별이 싹터
맘 너울에 별처럼 쌓이다

지워라! 지워라!
뉘우침의 언덕에 오래 머물까 하였더니
願이 서두름으로 넘쳐
분별없는 밤을 헤맨다
오관더듬이를 거두어
살붙이 낮달로 희미하게 떠오르고
옛이야기처럼 흐릿한
길 위에서 길을 찾네.

그와 나

시작의 소용돌이 같이 했으니
맛도 틀도 색도 갖춤 없어야 하고
없는 듯 있기에 없는 데 없으니
없는 듯 낮추기에 이르지 못함이 없고
없는 듯 여리기에 강하기 비길 데 없으니
없는 듯 내색하지 않으니
사랑으로 민들레 깃털 날리는 당신
하늘이어라 태양이어라

변덕 가누지 못함은
내가 그를 닮아감인가
그가 나를 닮아감인가
우린 자기부상열차.

길 위에서 길을 묻다

지나온 길 위에서 온 길 되갈 수 없어
이제야 뒤 돌아본다
거기쯤 지날 때 스친 그 향이
어쩜 그 연향蓮香이었던 듯하고
건너편 손짓이 그인 듯도 하나
흔들리는 기억 속에 더 어른거린다.

꿈 이야기

-북한 핵실험을 보고

내리 열 밤을 같은 꿈을 꾸었단다
열 친구가 같은 꿈을 꾸었단다
모이면 꿈 이야기들이다

임 향한 일편단심 또 바칠 거란다
해는 내일도 동쪽에서 뜨겠지만
동서를 모르는지 서쪽에서 뜬다고 우기는
목청을 돋우는 망령들 있으니…

따로 따로

마음 따로 몸 따로
형색은 없어도 없지 아니하고
형색 있으나 있지 아니하여 늘 허둥대다
그러나 몸은 맘보다 뒤처져
천천히 가자고, 쉬어 가자고, 가지 말자고
허나 내 몸과 맘은, 자유이고 싶어라

봄을 거느리고 들판으로

기운은 하늘에서 내리고,
힘은 땅에서 솟고

칼바람 살을 에도
아가씨들, 무릎 위로 미니스커트 끌어올림은
암사슴들, 수컷들의 힘겨루기 즐김은
꽃, 향기로 벌 나비 모음은
모태의 생명 부름이라
생명 낳음이라

해와 달과 바퀴 굴림이
만상을 굴리는 노래임을…

살아있음에

시계가 고장나도 세월은 간다

복중에 쏟아지는 햇살 지겨울 테지만
간절히 반기는 이 적지 않을 터
태양은 변함없이 태양이시다
꽃 피고, 열매 맺고, 영글고
저리도 바쁜 걸음으로
계절을 굴린다

주름잡던 호걸도 절친도 하나둘 떠난다
다섯 치 계단이 절벽으로 다가오고
'툭' 하는 소리 재 저지는 소리
가다가 왜 가는지 머뭇거린다

냉수도 씹어 먹어야 한다고 했는데
멀쩡하던 절친, 저녁 잘 먹고 숭늉 마시다 그만…
살아있음은, 그래도 축복이다.

이산가족의 한恨

북녘 하늘 그리움이
떼새로 반짝이며 날아가는데
서릿발 종유석으로 굳어 버린 한恨
늦가을 된서리로 쏟아져 압핀처럼 박히다
칠흑에서도 들깨 알처럼 또렷한 얼굴들…

세모

그리운 사람들이 더 그리워지는
보고픈 사람들이 더 보고 싶어지는
미안한 사람들이 더 미안해지는
감사했던 사람들이 더 감사해지는

무언가 잊어버린 듯 허허롭고
막연히 다가오는 두려움
별일 없었다는 편안함

저무는 해는 저물도록 보내고
밝아오는 새해를 뜨건 가슴으로 품는 일이다
오는 해를 천천히 맞이하는 일이다

억지로라도 냉정하고 담대하고 싶다.

세모에 내리는 눈

세모에 눈이 내린다
하얗게 만상의 경계를 지운다
한 해를 지운다
나를 지운다

눈틀 틈새 비집는 것은 새로운 것이다
새것이다
한살이를 지워,
하얗게 지워
병아리 파란破卵으로
나를 지우고 너를 지우고
어디에서 무엇으로 다시 태어날까.

손자 송頌

손주 돌보기는 때로는 성가시기도 하고 팔불출에 속한
다고도 하지만 양수도 마르지 않은 외눈으로 세상을 익
히는 신비로움, 젖꼭지도 겨우 더듬던 미물이 시간을
등에 업고 재능과 지능이 더해 가는. 제 어미와 할미는
요실금을 가누지 못하는데 아가는 울어도 귀엽고 응가
도 향이 나고 옹알이는 비길 데 없는 아름다운 새소리

내 자식 기를 때 흘려 버린 것들을 새록새록 되찾아 준
다야! 보이는 대로 익히고 익히는 대로 세상의 키를 쌓
아 간다. 겪지 않고는 맛볼 수 없는 참 살맛을 요통의 보
상으로 아낌없이 안겨 주는데…

시詩 농사는

농사는 하늘이 짓는다는 것
허리 굽은 농부라야 안다
알곡 심은 데 잡초가 무성해짐은
잠 못 이룬 농부라야 안다

솔거의 황룡사 노송도 새들 부르고
사임당이 그린 메뚜기, 수탉이 쪼아대도
꿀 향기 없는 꽃, 벌 나비 못 부르듯
향기 없는 詩꽃이 벌 나비 모을까

심마니 삼씨 찾아 태산준령 누비듯
숨이 막혀 시야가 둔탁해질 때까지
두더지처럼 예리한 더듬이로
시전詩田 뒤지고 더듬으면
혹 졸拙시라도 건질 수 있을까
그믐밤 정화수 떠놓고 빌면
참詩를 만날 수 있을까

신神내림처럼

님은 새벽 닭 울음으로 오시어
나를 일으켜 선꿈 깨우셨으니
신내림처럼 내리신 말씀
듣게, 담게 하셨으니
감미로워라
향기로워라
그러나 두려워라
님의 발자국 소리 문풍지 떨리듯
귓전에 두런거려
마음 옷깃 여민다.

잃어버린 하루

새벽잠을 설치며 서둘렀는데
놓쳐 버린 조찬간담회
뭐엔가 홀린 듯, 뒤통수 맞은 듯
뿌연 하늘에서 별이 우두두둑 쏟아진다
하루를 놓쳐 버렸다
이 난감함 황당함 어찌할까
쪽지에 적어도 소용없으니
이런 처지 피할 수 있는 안전통로 없을까

젊을 때 몸담았던 직장 동인회 길흉사 빼고는
20년을 외면하다 쉰 나이 들어 모임에 참석했는데
신입 때처럼 나는 아직 설레는데…

천년 솔

오늘도 하루해는
서쪽으로 기울고

팔순의 지친 눈길 선산에 머물었다

천년 송, 솔 향 흘리며
풍상을 헤아린다

향가 鄕歌

구천을 맴도는 혼령처럼
고향은 늘 떠난 그때에 머물러 있다
물방개 잠자리 잡던 못둑
자맥질하던 걸가
황소 졸음 쫓던 미루나무
누이들이 그네 타던 솔 그늘
혼자 꿈속에서도
그 동네 그 들판을 기웃거린다

나이 들면 아이가 된다던가
요즘 들어 더 자주 고향에 서성댄다
가서, 그 이름 부르면
소리는 허방으로 맴돌다 되오고
우물 안에 비친 내 얼굴조차
옛 모습이 아니다.

상록 누이야

―그리운 최용신* 여사님

비수 품은 경기만 삭풍, 사리 천 따라 반월 벌 뜨락으로
몰려 들 때, 허공 가르는 매서운 회초리, 말굽처럼 야밤
찢는 찌까다비 발자국소리, 쏟아 붙는 핏발선 눈초리,
독사 혓바닥으로 날름대고, 가난이 켜켜이 너와처럼 짓
누른, 체념과 누습이 질펀했던 골목, 한낮에도 칠흑보
다 더 깜깜한 그날에, 끼니 잇지 못해 오장육부가 엉키
고 살점으로 각혈했다. 어느 부르심 받으셨기에 원산만
해당화 상록 누이가 논두렁 밭두렁마다 상록씨알 심으
셨으니…

샘골 새암에서 샘물이 솟고
허기지고 메마른 반월들을 적셔
꺼지는 혼들에 상록의 불이 붙어
온 누리로 퍼져 왜구를 저항하고
대국에 앞장서서 아시아의 등불로 훨훨 날아
누이의 꿈을 이루었거늘
오신 지 백년, 다시 오셔서…

*심훈의 소설 상록수 여주인공 채영신의 본래 이름.

5부

구관조는 메시아를 노래하다

구관조는 메시아를 노래하다

−파키스탄 소고小考

메시아의 꿈을 탑처럼 쌓아올린 그들
구관조는 구구절절 메시아를 노래한다
그 유혹의 멜로디는 감미롭다 못해 처절하다
어둠도 덜 가신, 숙취가 덜 풀린
흐르는 구관조 노래에만 익숙할 뿐
천민의 멀뚱거리는 크고 깊은 눈망울들
뜨거운 가슴만 있을 뿐
채근에도 항거는 없다
귀를 막고 눈을 가리게 하고
알라의 뜻으로 더 크게 울리는 나팔소리
까마귀과는 건망증이 심해 한 말도 잊어버린다던데
차라리 구관조가 아니고 앵무새였더라면

입으로만 쌓아올린 약속은 토담처럼 무너지고
허구는 솟구칠수록 황폐한데
자기 주술에 신이 잡히고
밤낮 푸닥거리로 백성은 최면에 빠지고
탁상공론, 탁상놀음에 진수성찬이다
탁상공론, 탁상놀음에 진수성찬이다

너! 알라는 백성을 사랑한다고
장책粧冊을 손에 든 브라만들은 아랫배가 처지고
웃자란 탐관오리에 백성의 들판은 메말라만 가는
구관조는 여전히 메시아 노래만 부르고……

과달루뻬 Basillica 사원

예수님 모자는 에스파냐 말을 타고
인디오의 안색으로
농부의 꿈길로 강림하셔서
세상에서 제일 아름다운 성당 짓고
정원 꾸며 오신 분들 모시려는데

마야의 신들이 밀려난 자리
풍토화 된 고상苦像*과 성모상이 정좌했어도
인디오 성도들 줄을 이어 슬행膝行**으로
참배하고 은총을 간구해도

그 님 겹겹 철창에 갇히셨나요
무장경비원들에 포위되셨나요
금은보화 채굴권에 인질이 되셨나요.
과달루뻬 Basillica 사원에도 기척이 없으시니.

*예수 십자가 상
**무릎으로 기어가는 걸음걸이

떼오띠와깐* Teotihuacan
−해의 신전, 달의 신전

구름도 주춤거리는 아열대 사바나

멕시코 중부 고원지대 용설란의 땅

해의 신전, 달의 신전

신전 하나에 3천명이 30년 공이 든다는데

신전이 신전을 낳고 신전이 신전을 거느리고

성을 쌓고 광장은 광장을 거느린다

신의 대역자는 믿음으로 역사했고

대역자의 사역자는 채찍으로 역사했고

돌을 지고 돌을 쌓은 피눈물의 역사에는

사람들이 짐승처럼 쓰러졌을 터

가시덤불 마디마다 원혼의 비명들이 주렁주렁

재앙의 텃밭으로 메마른 바람들이 서성댔다

후손들은 그로 연명하니 허허한 삶이여!

*멕시코 중부 고원지대, 멕시코시티에서 북쪽으로 50km 정도에 위치
한 기원전 2세기부터 세운 20만km² 인구 20만의 고대 도시. 떼오띠
와깐 종족들이 BC 2세기부터 AD 650년까지 누렸던 문화유적, 당시
로서는 세계 최대의 규모였으리라 평가되지만 쇠퇴 몰락의 원인은 아
직 밝혀지지 않고 있다.

메콩강은 흐른다

성난 태양 아래 후께바람 설쳐대는 티베트 열사
설산 암반 낙수 모이고 모아 강을 이뤄
기세 당당 대하 이룬 메콩강

물의 경륜, 연륜에 맞선 어부들
고깃배, 거룻배 띄워
연명하는 손길 바쁘다
양안에선 맞총질로 국경은 삼엄하고
권속卷屬이 강폭이고 강심이니
실어 온 삶 삼각주로 쌓였다
천하 대하도 바다에 이르러서는
이름도 흔적도 없는데
메콩강은 골육상잔의 전설을 안고
젖줄처럼 흐른다. 흐른다…

안데스 고원 라구나*에서

안데스 준봉들이 솟아오른다
병풍으로 둘러싸인 라구나 호수에
춤 단장이 바쁜 플라밍고
허공의 경계에 날개 펴고
핑크색 긴 다리로 그리움을 재단한다

미모의 게르만 아가씨
홍학의 깃털보다 더 예쁜
밀월의 사연들을 살찌우는데
안데스 준봉들이
라구나 호수로 얼굴 내민다

*안데스 산록의 호수(Lake)

얼어붙은 자르갈란트* 초원

눈물겹도록 허허로운 뿌연 벌판
임시 전봇대만 희미한
생명선처럼 외줄을 잇고
인기척 없는 봉분 닮은 게르
오리 가다 십리 가다…

어인 철조망이냐고
함부로 묻지 말라 한다.

가녀린 이정표 하나로
권위를 지탱하는 벌판에 서서
풍만한 내 삶의 과체중을 매무시한다.

*울란바토르 서북방 40여 km 떨어진 유목민 정착지구

이란고원의 양떼

가련한 짐승이여!
가난한 사주여!
외로운 무리여!

대를 이어 선봉장수 길러도
하잘것 없는 염소에게 의지해야 하는

밤낮으로 뜯어도 평생을
허기져 하늘 볼 새 없는

떼로 몰려도 언제나
같이 할 수 없어 외로운

잠시라도 우러르러
떠도는 흰 구름이라도 보렴.

인디오의 춤

멕시코씨티 소깔로 중앙광장
깃털 모자에다 방울신 신고
허공을 치고 바람을 가른다

달의 신 꼬욜까수끼,
비의 신 차끄,
뱀의 신 꾸꿀깐을 부른다
북소리보다 우렁차게 발을 구른다
관객들이야 춤으로 보고 동전을 던지지만

화약총소리에 혼절한 동족의 신을 부른다
노린재 역병으로 눈 멀고 귀 막힌 혼을 깨운다
기절한 채 광장 밑으로 묻혀 버린 영혼을 위로한다
마야 아스데까 인디오 후손들아
떼노치띠뜰란*신전아 깨어나라
꽝꽝 쿵쾅 발을 구른다. 북을 친다.
온 가족이 하나로

*스페인에 의해 멕시코시티 중앙광장 밑으로 묻혀 버린 아스데까(구 멕
시코)신전.

몽골의 초겨울

영하 20도도 겨울답지 않다는
자르갈란트 지평에 눈발이 흩날린다
입성이 초라한 이웃 없는 이웃들
황소바람 문턱에 으르렁대고

허허벌판 눈물겹도록 쓸쓸한 성근 움집
소똥으로 맥질한 틈새로 덴바람 살을 엔다
삶은 혹독해도 명줄 같은 굴뚝 연기 길손을 맞는다
빙판의 눈밭 나지막한 산등성이

길이 없으니 온 들판이 길이다
내 길이 여기에 있어 여기에 머물었으니
표지 하나 쯤 세워 평원의 이웃이 되어 줄까
40~50도 혹한 뒤로 하고 돌아서는 발길
콧등은 왜 이리 시리고 쏴할까.

장강삼협長江三峽 어제 오늘

장강 아랫도리 졸라맨 물막이 물이 고이는 대로 함몰의
아우성 2,500리 산골 골마다 자지러진다. 황금 원숭이
다람쥐 무당벌레 지친 나비의 날갯짓, 더러는 가쁜 숨
산자락을 기어오르지만 선사시대, 석기시대, 철기시대
어제의 모든 단층들이 천인단애 틈바구니 한 올의 뿌리
로 생명을 애걸한다. 구절초 한 송이 바람이 쓰다듬
고… 다듬은 듯 기암괴석들 설화 속으로 허우적대며 내
일을 가늠 못한다.

AD 222년 이릉전투에서 손권의 장수 육손의 700리 화
공을 피해 바위틈으로 피신했던 유비의 패잔병 후손,
신선이 되어 강가에 밭 일구고 강물에 주낙 늘이다가
피리 하나 달랑 들고 식솔 거느리고 등성이로 오르고
또 오른다. 대대로 이어온 구전, 물찬 계곡에 가락으로
풀어 산구름에 날리고, 물색 모르는 관광꾼들 흥미 돋
우지만, 이제 센서 달린 녹음기의 피리소리, 배만 지나
면 불어야 한다. 허기지고 숨이 차 울고 싶어도 피리로
울어야 한다. 장강삼협 어제 오늘.

좌표座標

오월 하순 노르웨이 베르겐, 호수 같은 피오르드, 높아지는 좌표, 혼돈을 몰고 온다. 밤을 잃은 태양 깊은 겨울속으로 빨려든다. 칼바람 눈보라 치는 북위 71도 10분 21초 노르카프* 더 갈 수 없는 북극해의 꼭지점, 움직여도 흔들리지 않는 내 생의 좌표! 이쯤에서 집으로 가는 차표를 마련해야겠다.

*노르웨이 마게뢰위 섬 끝자락 유럽 대륙의 최북단 지점.

티티카카호 선상에서 · 1

바이칼은 브랴트*의 모태다
티티카카는 잉카의 자궁이다
대양의 넓은 품은
그들 역사를 꽃으로 피웠다
에스파냐의 발굽이 잠든
그들 오두막을 짓밟았다
문자마저도 쓰지 않는
정직한 심성을 헤아리지 못한 채
잉카의 성전에 십자가를 씌우고
망각과 환각의 신앙에로 홀렸다

토토라 갈대로 둥지 튼
볏이 바알간 물닭처럼
붉은 망토에 코발트 빛 진한
폭이 넓은 치마 입은 여인들
아이를 낳고 또 낳지만
우루족 혈청이 쉼 없이 오염된다
그들의 넋은 마추픽추처럼 복원되지 못하고……

*브랴트 : 러시아 바이칼호 주변 브랴트 자치주 등에 살고 있는 몽골리
 언

100

티티카카호 선상에서 · 2

우루스섬 우루인들은 오늘도 신명 잃은 노래를 한다
토토라 갈대섬에 둥지 틀어 온 누리 모여든 시선들
표정 없는 미소로 원초를 팔고 있다
치레 더하지 않은 순수 그대로
여가를 수심으로 엮어 놓고서
한두 푼으로 족한 그들
수면에 떨어지는 쇠갈매기 물장구가 어설프다.

항주 서호

서호西湖에 가랑비 내린다
소동파 백거이 詩비
서시 낭자의 恨비
장개석 모택동 별장 적시고
나그네 비 맞으며 서호십경 짚어간다

소제, 백제 철지난 연밭
어설픈 가을을 맞고 흐느적인다
꾀꼬리가 노닐던 수양버들
그림자로 수변에 연륜을 떨구고
잠깐 들른 나그네 마음이 서글프다.

註 : 蘇堤, 白堤. 소동파와 백거이가 쌓은 제방
     두 시인은 각각 3년씩 서호가 있는 항주시장으로 재직했다 함.

히말라야 언저리에서

하이얀 히말라야 용마루, 조가비 닮은 음영, 물의 모태
요, 강의 근원이요, 신의 시원이다. 정수리에서 동북으
로 미끄러진 물, 장강 메콩강 갠지스강 인더스 강 되고,
공이 색을 이루듯, 섭리가 신이 되어 인도로 흘러 힌두
만상에 내린다. 부처님 뜻으로 정선精選된 진리 사방에
솟아 불심 깨우다

그러나 옥수玉水에 주정을 녹이고
마약을 희석시키는 요사妖邪들,
중생의 목마름을 흩뜨린다
갈증으로 시야가 흐려진다
참과 얼이 섬광처럼 번뜩이는 히말라야 영봉은
그대로인데……

Belize*

1983년 막내로 태어나
양수 마를 새 없어 늪으로 남았는지
털보숭이 밀림이 구름 되어 피어오르는 곳

찬란한 마야의 역사를 능멸했던 에스파냐도 외면했고
대영제국 닻을 내리고 설금설금 이야기를 꾸려가던
마야 후손들의 주장 못 들은 척, 감언이설, 거짓 약속,
상하의 캐리비안 해안으로 소란만 들끓었다

빈터 빈 밭에 씨앗 심을 자 없어
왕성한 서리태 심어 경작권 살리려다
머리보다 가슴이 뜨거운 이들은
장래를 그리기보다는 오늘의 취기에 몰려
하늘 높이 군함새 떠도 올려 볼 겨를 없고
언제 오시려나 서로 기웃거리고 있는데…

*Belize : 중앙아메리카 캐리비안 연안에 있는 1983년에 독립한 나라

일탈

중앙아시아 부잣집 여인들의 금이빨처럼
잘 익은 가을이 골짜기마다 황금빛이다
차창을 들락이는 짙어가는 가을산
파아란 하늘도 함께 들락거린다
내 눈은 고향 같은 어느 고을에 잠시 머물고

재봉질 굵은 땀처럼 하얗게 선을 그은 길
잔잔한 파도를 가르는 우등버스
영호남 가르는 60령 꿈길 터널 달린다

이 버스가 쉬어가는 덕유산 휴게소
상행은 무주, 하행은 장수
무진장으로 열려 있는 툭 트인 우리 산하
황금빛 가을을 달린다.

김기명 詩의 리리시즘 詩世界

― 제1시집《소와 미루나무》評說

石蘭史 **이수화**

(시인 · 문학평론가 · 문협/ PEN부이사장 역임)

1.

김기명의 시(김기명 시인의 시)는 리리시즘의 시세계를 구축하고 있다. 서정시의 세계이다.

한국의 서정시는 지난 100년간 소월素月 · 영랑永郎 · 만해卍海로부터 개화되고 결정結晶의 아름다운 미학에 도달했지만 이 전통적 리리시즘은 아직껏 유효하다. 아니, 아직이 아니라 인간의 근원정서, 즉 희로애락애오욕의 일곱 가지 정서를 형상화하는 작업(서정시 창작)은 그 준거(準據, authority)가 인간의 근원 정서여서 항시 열려 있는 작업이고, 전향성이 끊임없는 인간의 삶과 동일선상에 놓였다고 할 수 있겠다.

특히 서정시가 그 자질중 중요한 시대성을 가진다는

사실(fact)은 김기명 리리시즘 시의 특성과 함께 그의 전통적 서정시의 항시 살아 있는 자질이다. 가령,

　　미루나무에 매인 황소의 눈이 하늘 속만큼 깊다/ 미루나무는 제 그림자를 오래도록 키워 왔다/ 나이테 굵어져서 소의 고삐 덥석 받아 맬 때까지/ 그 마을 어귀서 기를 쓰고 허공을 밀어 올렸다/ 가끔은 까치집을 매어달기도/ 날개 아픈 새들 쉼터가 되기도…// 소와 미루나무는 무언으로 속삭인다/ 우리 사인 보이지 않는 끈이 있어 서로 얽매이는 거라고/ 업業의 고삐가 너무 길어 감겼다 풀렸다 하는 거라고/ 결국 업의 고리가 풀려서야 서로가 편해질 거라고// 움 머―/ 단음으로 허공을 가르는 소의 울음/ 미루나무 끄트머리 앉았던 붉은 놀이/ 산그늘 깔아놓고 또 하루를 사룬다.

　　　　　　　　　　　　　　　　　　―〈소와 미루나무〉全文

　　예시例詩 김기명 서정시가 가지고 있는 시대성이라는 자질은 ①획일화를 벗어나는 것이고, ②는 고착화를 거부하는 자질이다. 자세히 말해 ①획일화를 벗어나고 있다는 것은 오늘의 대부분의 서정시가 자칫 자연친화를 부르짖거나 에코토피아(환경시)를 주장하면서 합리적인 자연개발에까지 저항하는 유사 서정시 편향의 시를 쓰거나 환경파괴를 반대하는 정치적 구호를 일삼는 따위의 획일화에서 벗어나는 순수 서정시 창작을 의미한다.
　　이와 같은 면에서 여기 김기명의 예시는 미루나무와

황소를 '우리'로 화자화話者化하여 시적 주체가 지닌 서정적 자아의 복합적 정서(또는 마음, 정신)의 준거틀이 어디에 있는가의 시대성을 말하고 있는 것이다. 그래서도 또 하나의 진정성의 서정시가 가지는 고착성, 즉 자연친화를 빙자한 강산풍월(일월강산운, 日月江山韻)의 천편일률에서 벗어나고 있는 것이다. 그리하여 김기명 시의 리리시즘은 예시에서처럼 미루나무가 서정적 자아의 휴머니티(人間愛)를 실현하는(1연) 실존적 존재가 되고, 미루나무와 황소가 서로 상생하는(業을 쌓는) 불교적 상생相生(상보 · 相補 · Complementarity) 정신의 형상화를 성취하게 되는 것이다.

이와 같은 김기명 시의 리리시즘의 시세계는 헤겔 서정시학의 시대성을 가지는 특성을 담지함으로써 우리 시만도 일백년을 넘겨오는 서정시의 낭만성이나 상투적 센티멘탈(感傷性)을 거뜬히 극복하고 있는 것이다. 김기명 리리시즘의 이같은 포에지(詩精神)는 그의 삶의 지표인 동시에 시가 독자에게 베풀 수 있는 위안과 인간 정신의 아름다운 미학을 향수享受할 수 있게 하는 예술가로서의 알파와 오메가인 터이다. 이제 장章을 바꾸어 그 궤적을 상론하여 '김기명 시 리리시즘의 시세계'라는 명제하 평설글의 소임을 거칠게나마 다하고자 한다.

2.

김기명 제1시집으로 상재하는 이 시집에는 제1부 〈뚝

배기〉를 비롯해 제2부 〈개나리〉, 제3부 〈조가비는 거짓말을 안 한다〉, 제4부 〈길 잃은 귀로〉, 제5부는 외국 기행시 10여 편으로 묶어 〈구관조는 메시아를 노래하다〉로 편성된 총 86편의 서정시·기행시군이 포진한다. 이미 서장에 상술했듯 김기명 리리시즘 시의 포에지는 한국 시만도 100년이 넘어온 서정시의 전통적 시대정신을 순수하게 노래해 온 그 전통적 궤적을 진정성으로 수놓아온 정통파 리리시즘의 시세계 구축이다. 전통 서정시의 두 번째 자질인 피상적인 상투성을 거부하여 인간의 근원적 감정을 표현하는 내적 깊이를 추구한다. 그 직핍한 예시로써 김기명 서정시 미학의 실체를 본다.

　화창한 주말 아범이 어린 것을 앞세우고 봄나들이를 한다. 푸른 하늘 바탕에 간당대는 나목의 실루엣 두 시선이 합쳐진다. 무엇이 일치했는지 아범과 어린 것이 세월의 간격을 두고 파노라마를 이룬다. 어긋남 없이 모습과 행동거지가 하나다. 신비롭다. 콩 심은 데 콩 나는 조화여! 손자 놈 발바닥에 어린 티눈 하나, 오!그것이 내 것이었구나.

—〈DNA〉 全文

　예시는 김기명 서정시가 확보할 수 있는 미덕 중 두 번째 자질에 해당하는 표현(Render)의 피상적 상투성을 극복하고 인간의 근원적 감정 표현의 내적 깊이를 확보

한다. 이 현학적 헤겔 서정시학의 두 번째 자질을 예시에 의거해 좀 더 평이하게 말하면, 예시의 서정적 자아인 화자는 봄나들이에 나선 아들 부자(손자와 아들)와 나목裸木, 즉 화자(老人)가 어우러진 한순간의 신비로운 대비와 손자 발바닥의 어린 티눈을 발견한 순간의 내면 깊이 사무친 혈연애의 환희를 형상화하고 있는 것이다. 이와 같이 인간의 근원적 감정(혈연적 인류애)을, 그것도 산문시로 형태화 하고 있는 김기명의 리리시즘은 저 만해卍海 이후 한국의 현대시에서 성취난이던 산문시散文詩(prose poetry)의 보기 드문 성취인 점에서 특히 그의 서정시 특질 중의 하나로 손꼽힐 만한 리리시즘 텍스트라 상찬할 수 있겠다.

이와 같은 인류시 계열의 역작에 〈손자 송頌〉이 있고, 시 〈춘곤〉이 있는데 이 두 텍스트 또한 서정시의 획일화 · 고착화를 벗어나는 김기명 리리시즘 시의 표상성을 빛내는 미학 성취의 대표적 서정시편들이 아닌가 한다. 헤겔 서정시학의 셋째 자질은 서정시가 언어예술, 즉 시로써 바로 서게(형상화) 되기 위해서는 언어적 조형성(음악성 또는 회화성)을 가져야 한다는 것이다. 흔히 말해지는 서정시의 이미지즘 성향, 운율 문제가 그것이다. 김기명 서정시의 경우,

① 여명의 수평선이 새댁 태기듯 울컥거리더니/ 붉은 양수는 대해를 물들이고/ 햇덩이 하나 불쑥 낳았다/ 옥문을

여는 태아의 두상이다/ 조개구름 양털구름들이 모여/ 햇댓줄을 늘이고 춤을 춘다// 태백준령 두타산의 홍조를 보려고/ 밤새운 사진꾼들의 함성으로/ 산이 열리고 오늘이 열린다/ 정동진 가는 새벽열차/ 추암역 떠나는 기적 소리.

②송홧가루 바람에 흩날리는 숲을 떠나/ 억새반주에 산귀뚜라미 비파 타는 계곡 타고/ 버들강아지 구름 날리는 냇가를 지나/ 여울여울 도란도란 자갈자갈 한목소리로 모였다// 무슨 심사 뒤틀려서 머리채 움켜쥐고/ 뇌성벽력 토하며 낭떠러지로 곤두박질치는/ 갈가리 바스러져 혼절하는 무아지경/ 소용돌이 돌고 나면 아무 일 없단 듯/ 젖은 머리칼 쓸어내려 심호흡 뒤로 하고/ 긴 휘파람으로 어깨 맞부비며 도란도란/ 오돌토돌 조약돌 호박돌 타고 또 흘러간다.

예시 ①은 김기명 리리시즘 시의 이미지 조소성彫塑性이 뛰어난 텍스트 〈추암 일출〉 전문이고, ②는 음악적 조형성이 뛰어난 텍스트 〈폭포〉이다. 〈물때〉라는 음악성이 수월한 시도 있는데 시집 본문을 참조하면 좋을 듯하다. 어쨌든 ①의 경우, 서정적 서술시(敍述詩 · narrative poetry)로 형태화 되고 있는 바, 여명의 수평선상에 태양 일출 상황을 여성의 생물학적 이미저리로 은유화하고 있는 테크니컬은 비견할 데 없는 김기명 리리시즘 시만의 독창적 형상화 솜씨가 아닐 수 없겠다. 이 시의 프레임 안에는 행위, 그림, 소리가 공존하는 공감각

처리는 아니지만 베르그송 철학이 말하는 그 생명의 원초적 분출이 공존하는 삶의 간절한 황홀무비의 힘(生命力)을 느끼게 된다. 이런 경우 우리는 예술의 신기성神技性을 느끼지 않을 수 없을 터이다. 김기명 리리시즘 시의 이러한 세계는 예시 ②에서처럼 그 음악성(운율성)에서 더욱 숨가쁜 수용미학의 열락悅樂에 함몰하게 된다. 총 2개 스탠자, 11라인으로 된 예시 ②는 마치 우리 전통정형시 시조時調 율조를 매행每行 실천하듯 하여(두음까지 고려하여) 목하 한국 현대시(자유시, vers libre)가 너무나 간과하고 있는 음악성의 중차대함을 일깨운다. 11행 어느 한 행도 음악적이지 않은 데가 있는가. 특히 각연 후 말행의 "여울여울 도란도란 자갈자갈 한 목소리로 모였다"(1연 4행) "오돌도돌 조약돌 호박돌 타고 또 흘러간다"(2연 7행)에서와 같은 의성어擬聲語와 의태어擬態語의 리드미컬한 구사는 김기명 리리시즘 시세계의 또 다른 탁월성의 미학창조가 아닐 수 없겠다. 같은 계열의 〈물때〉의 첫연에 보이는 "굴을 딴다. 조개를 캔다. 톳을 뜯는다"의 3개 문장의 1행 처리가 주는 리듬은 또 얼마나 김기명 리리시즘 시만이 조형해 보이는 시의 아름다운 음악성일 터인가. 읽기만 해도 노래가 되지 않는가.

  나이 들면 아이가 된다던가/ 요즘 들어 더 자주 고향에 서성댄다/ 가서, 그 이름 부르면/ 소리는 허방으로 맴돌다 되오고/ 우물 안에 비친 내 얼굴조차/ 옛 모습이 아니다.

　　　　　　　　　　　　　　　　— 〈향가鄕歌〉 둘째 연

못 챙긴 한 해가 위성처럼 날아간다/ 이승이 꿈이었나!
꿈이 이승이었나!/ 질책의 하문인 것이/ 땅! 머릴 치며 지
나간다.

— 〈丁亥년을 보내며〉 全文

이상과 같이 고찰해 볼 때 김기명 시인의 리리시즘 시
는 이른바 헤겔의 서정시학에서 말하는 세 가지 요건에
모두 충실하면서 그 내면의 형상화 현현성顯現性은 어디
에 비견키 어려운 탁월성을 담지한다. 예시 〈향가鄕歌〉
는 전반부의 내면적 회고조 서정과 후반의 자아성찰이
매우 솔직 담백하게 서술[顯現]되고 있는 아름다운 리리
시즘 미학의 시세계인 것이다. 이 텍스트가 에즈라 파
운드나 T.S. 엘리어트가 상찬하는 현대시(vers libre)의 회
화체會話體 언어言語 구사의 표본에 가깝다면 김기명 서
정시의 회화체 가락은 탁월성에 값한다 하겠다. 쉬운
일상어로 결합된 간결한 언어의 전 생애에 걸친 회고적
삶의 성찰은 후말 두 행 "우물 안에 비친 내 얼굴조차/
옛 모습이 아니다"와 같은 수월성의 표현(Render) 솜씨로
절정을 이룬다. 삼엄하고도 거짓 없는 순정한 삶의 자
화상을 이토록 아름다운 언어 한두 마디로 포착해낼 수
있으랴 싶다. 놀라운 관찰과 표현력인 것이다.

그리고 예시 후자인 〈丁亥년을 보내며〉는 김기명 서
정시의 음악성(둘째, 넷째 행)의 특성과 수사학(修辭學·
rhetoric) 또한 그 수월성秀越性은 그야말로 독자의 머릴 땅!
치며 지나가는 그의 서정시 창작술의 멋이기도 하겠다.

① 바이칼은 브랴트*의 모태다
   티티카카는 잉카의 자궁이다

② 중앙아시아 부잣집 여인들의 금이빨처럼
   잘 익은 가을이 골짜기마다 황금빛이다

③ 서호西湖에 가랑비 내린다
   소동파 백거이 詩비
   서시 낭자의 恨비
   장개석 모택동 별장 적시고
   나그네 비 맞으며 서호십경 짚어간다

   예시例詩 부분군部分群은 ①이 〈티티카카호 선상에서
Ⅰ〉이고, ②는 〈일탈〉이며 ③은 〈항주 서호〉 부분들이
다. 제5부에 10여편 내외로 편성된 기행시편紀行詩篇들인
데 ①의 뛰어난 메타포어, 특히 유의喩義(vehicle)들의 생
물학적 여성 은유는 발군의 특색이고 ②의 비유, ③의
서술시 이미저리는 한국 기행시의 병폐인 견문과시, 개
인만의 취향을 일거에 부숴버리는 상쾌감爽快感에 값하
고도 남을 터이다. 이제 독자와 더불어 오래도록 되씹
어도 좋을, 김기명 시의 리리시즘 시세계를 쉽사리 잊
지 못하게 하고도 남을 우리 삶의 어거시駅車詩로써 거치
나마 평설글에 가름할까 한다.

   살아 있는 조가비는 작으나 크나/ 살아도 죽어도 입을

연다/ 내밀한 바다의 속내를 활짝 열어/ 준엄한 바다를 보여 준다// 바다에서 죽은 조가비는/ 작으나 크나 입을 열지 않는다/ 바다의 순리를 따르기로/ 죽어서도 함구한다// 인간이라면/ 미주알고주알 떠벌릴 텐데

—〈조가비는 거짓말을 안 한다〉 全文

예시는 전범적典範的 서술시(서정시)이다. 따라서 메타텍스트에서부터 '조가비'에 대한 메타포어는, 즉 여성성女性性에 기대일 필요는 없다. 팩트(FACT)로 수용해야 하는 것이다. 따라서 시 행간이나 스탠자에 대한 해석은 군더더기에 지나지 않는다. 서술시 본연의 진술이나 서정적 이미지에 상도하면 된다. 다만 이 시의 주제인 삶과 죽음, 인간의 교활성에 대한 자아성찰의 계기를 우리는 이 서정시에서 만나는 행운으로 만족할 필요가 있겠다. 특히 현대의 안타고니스트, 특히 문인들조차 편가르기에 안구마저 충혈되어 거짓 진술로 술잔이나 구걸하는 따위 교활한 인간들에게 김기명 예시 〈조가비는 거짓말을 안 한다〉가 주는 자아성찰 리리시즘 시미학은 죽을 때까지도 교훈시의 미덕까지 발휘할 터이다.

2012. 4 서울 마포 삼개나루 창밖에
살구꽃 핀 樹堂軒에서

소와 미루나무

·

지은이 / 김기명
펴낸이 / 김정희
펴낸곳 / **지구문학**

110-122, 서울시 종로구 종로2가 39 뉴파고다빌딩 215호
전화 / (02)764-9679
팩스 / (02)764-7082

등록 / 제1-A2301호(1998. 3. 19)

초판발행일 / 2012년 5월 20일

ⓒ 2012 김기명 Printed in KOREA

값 7,000원

E-mail/jigumunhak@hanmail.net

※잘못된 책은 바꿔드립니다.
※저자와의 협약으로 인지는 생략합니다.

ISBN 978-89-89240-48-8 03810